DIALOGUES

EN VERS

pour

PENSIONNATS OU CONGRÉGATIONS

De Jeunes Demoiselles,

Par l'abbé E. GONNET.

5e CAHIER.

V. Angélique ou les Avantages de la
Congrégation.
VI. Clémentine ou les Membres d'honneur.

AVIGNON,

LIBRAIRIE DE CAILLAT-BELHOMME, ÉDITEUR,

Rue Saunerie, 15.

1858,

— PROPRIÉTÉ DE L'ÉDITEUR. —

APPROBATION.

———

Avignon, le 20 juillet 1858.

L'Archevêque d'Avignon,

Vu le rapport que lui a fait un des membres de la Commission chargée de l'examen des livres dans son diocèse,

Déclare que les *Dialogues* de M. l'abbé E. Gonnet ne contiennent rien de contraire à la doctrine catholique et qu'ils méritent sous le rapport du fond et de la forme des félicitations et des encouragements.

† J. M. M., *archevêque d'Avignon.*

———

AVIGNON, IMPRIMERIE DE JACQUET, RUE ST-MARC, 22.

V.

POUR UNE RÉCEPTION DE CONGRÉGANISTES.

ANGÉLIQUE

OU

Les Avantages de la Congrégation,

PERSONNAGES.

ANGÉLIQUE, postulante.

ÉMILIE, postulante, amie d'Angélique.

CÉLINA, Congréganiste.

LE CHOEUR.

ANGÉLIQUE

ou

Les Avantages de la Congrégation.

SCÈNE 1re

ANGÉLIQUE ET ÉMILIE.

ANGÉLIQUE.

Mais, quand je te le dis, il me semble pourtant
Que tu devrais en croire un cœur qui t'aime tant.
Émilie, après tout tu connais ma franchise.

ÉMILIE.

Eh! bien, oui, je le crois. Mais je suis fort surprise
Que la joie en ton cœur ait pu trouver accès,
Tandis qu'il nous vaut mieux exhaler des regrets.

ANGÉLIQUE.

Et pour quelle raison devons-nous être tristes
Quand nous avons l'honneur d'être Congréganistes ?

ÉMILIE.

Quoi ! ma chère Angélique, on nous forge des fers,
Et nous pourrions avoir des regrets trop amers ?....
Il est vrai qu'on a soin de dorer notre chaîne :
On dit : *c'est un honneur*. Avant que l'on m'y prenne....

ANGÉLIQUE.

Émilie , ainsi donc , tu trompes mon espoir !
Toi qui désirais tant te faire recevoir !...

ÉMILIE.

Oui , mais j'ai réfléchi.

ANGÉLIQUE.

Ciel ! quelle forte tête !
Et , tout pesé , tu crois qu'il faut battre en retraite ?

ÉMILIE.

Je crois que , si l'on veut garder sa liberté ,
Il faut se défier d'un honneur tant vanté.
Or, moi , j'aime avant tout que l'on me laisse faire.

ANGÉLIQUE.

Tu n'es pas difficile , avouons-le , ma chère.
Eh ! qui ne voudrait pas faire sa volonté ?
Mais le peut-on toujours en toute sûreté ?
Oh! combien aujourd'hui regrettent en silence
D'avoir voulu marcher seules et sans défense !
La vertu de leur âge , elles l'auraient encor :
Hélas ! la liberté leur ravit ce trésor.

ÉMILIE.

Tu dis vrai : mais aussi, s'enchaîner à notre âge !...
Plus qu'un mot, Angélique : et , bien sûr , je m'engage
A marcher sur tes pas , si je n'ai pas raison.
Nous sommes , tu le vois , à la belle saison.

La rose a revêtu sa brillante parure ;
La campagne a repris son manteau de verdure ;
L'air est pur , l'onde claire et les ombrages frais ;
Le printemps , en un mot , verse tous ses bienfaits.
Tu promènes tes pas , au loin , dans la prairie ;
Ou tu dis aux échos ta douce rêverie :
Supposons-le. Soudain , quand tu n'y penses pas ,
Un malfaiteur survient et t'enchaîne les bras.
Sans regret , il te plonge en un cachot humide.
Au lieu de doux parfums, c'est une odeur fétide
Que tu vas respirer dans cet affreux réduit.
Plus de riants tableaux : partout , la sombre nuit.
Quel contraste, ma sœur ! quel changement terrible !
Et, tu ne voûrais pas une haine invincible
A celui qui t'aurait ravi la liberté ?....
Mon âme se soulève à cette cruauté....

ANGÉLIQUE.

Je ne te croyais pas si savante en peinture.

ÉMILIE.

C'est que , quand je m'y mets....

ANGÉLIQUE.

Tu peins d'après nature.
J'aimerais bien pourtant quelque application.
Tu n'as fait qu'écouter l'imagination :
Or , si nous en croyons une antique parole ,
L'Imagination , du logis , est la folle.

Entends plutôt la voix de la saine raison ,
Et reviens avec moi sur ta comparaison.
La jeunesse , dis-tu , c'est la saison fleurie ;
C'est l'âge le plus beau des âges de la vie ;
Sans doute ; mais cet âge, aux dangers les plus grands,
Expose tous les jours mille cœurs imprudents.
Il me semble te voir au bord d'un précipice :
Je crains à chaque instant que le pied ne te glisse.
Dans l'abîme , où je n'ose abaisser mes regards ,
J'entends rugir des ours avec des léopards.
Un faux pas, c'est-assez , et tu deviens leur proie.
Tout-à-coup , ô bonheur ! une main se déploie.
C'est un ange du ciel qui vient à ton secours :
Sous son aile bénie il gardera tes jours.
Oh ! comme tu saisis , dans ta marche tremblante ,
Cet appui fortuné que sa main te présente !
Fallût-il t'enchaîner , (je ne me trompe pas ,)
Tu baiserais les fers qui chargeraient tes bras.
Eh ! bien , chère Émilie , eh ! bien, voilà la chaîne
Qu'on nous offre en ce jour.

ÉMILIE.

Oh ! je la prends sans peine ,
Trop heureuse, à ce prix , d'échapper au danger !
Mondains , à vos plaisirs je ne veux plus songer.

ANGÉLIQUE.

D'ailleurs, pour ces plaisirs dangereux ou coupables,
Tu vas en retrouver d'autres bien préférables.
Quand tu connaîtras mieux la Congrégation,
Tu le verras , ma chère....

SCÈNE II.

LES MÊMES, CÉLINA.

CÉLINA.

Ô douce émotion !

ANGÉLIQUE.

Qu'entends-je ?

ÉMILIE.

Célina ! Ciel ! je suis confondue.

ANGÉLIQUE.

Tu viens bien à propos.

CÉLINA, *à Émilie.*

Enfin tu t'es rendue.

ÉMILIE.

Excuse-moi, pardon.

CÉLINA.

Va, ne te trouble pas.
Vous commenciez tantôt vos innocents débats,
Quand je suis arrivée. « Attendons à la porte,
« Ai-je dit ; et voyons s'il faut prêter main-forte. »
Il s'agissait, je crois, d'une comparaison.

ANGÉLIQUE.

Émilie alléguait une vaine raison,
Pour ne pas accepter l'honneur qu'on lui défère.

ÉMILIE.

C'est que je n'y voyais qu'un sacrifice à faire.
Mais je suis convaincue.

CÉLINA.

Angélique, c'est bien :
Oui, ton amie, en toi, trouve un ange gardien.

ANGÉLIQUE.

J'allais lui dire aussi les plaisirs qu'en revanche
Elle pourra goûter ici chaque dimanche.

CÉLINA.

C'est vrai : dans ce séjour où tout sait nous charmer ,
On bénit le Seigneur , on apprend à l'aimer ;
On chante les bienfaits de la Vierge Marie
Que la sainte parole à nos âmes confie ;
Parfois , des jours passés l'on ravive les jeux ,
Quand on veut nous offrir un passe-temps heureux.
Ce n'est pas tout encor : on célèbre des fêtes
Qui certes ne font pas tourner les jeunes têtes :
Elles tournent les cœurs vers le souverain bien.

ÉMILIE.

Que c'est beau Célina ! Puis, tu le dis si bien
Qu'il me semble déjà que ce bonheur m'enivre.

ANGÉLIQUE.

Ah ! c'est mon Émilie ! Elle me fait revivre.
Aussi , je ne puis plus contenir mon ardeur.

(Elle embrasse Émilie.)

CÉLINA.

Qu'il est doux de s'aimer dans l'amour du Seigneur !
(Elle sépare les deux amies.)
Cependant , c'est assez : car j'entends vos amies
Qui brûlent de se voir à l'autel réunies.
Mais le chant se rapproche.... écoutez ces accords....
A leur douce harmonie unissons nos transports.

(Le chœur arrive sur la scène en chantant
un morceau de CONSÉCRATION.)

FIN.

POUR UNE DISTRIBUTION DE DIPLÔMES.

CLÉMENTINE

OU

Les Membres d'honneur.

PERSONNAGES.

CLÉMENTINE, membre d'honneur.

PHILOMÈNE ,

JULIE , } membres d'honneur , amies de Clémentine.

ADÈLE ,

HONORÉE , maîtresse des cérémonies.

ROSINE , congréganiste.

LA PRÉSIDENTE de la Congrégation.

UNE COMMISSIONNAIRE.

LE CHOEUR.

La scène se passe dans une cour.

CLÉMENTINE

ou

Les Membres d'Honneur.

SCÈNE Ire.

HONORÉE, *seule.*

*(Elle place des bancs et des chaises ; suspend au
mur le tableau des Membres d'honneur.)*

Allons, dépêchons - nous !.... Surtout, n'oublions pas
Qu'au service de Dieu nul office n'est bas.
Eh ! quoi ! l'on me verrait, à ma charge infidèle ,
Perdre en ce jour heureux le nom dont on m'appelle ?
Non, non : fuis loin de moi, triste respect - humain.
Je suis ce que je fus , je le serai demain :
Honorée , Honorée. *(Elle époussette.)*
                    Époussetons ce siège.
Bien. *(Elle s'assied.)*
          Mais quelle pensée en ce moment m'assiège ?
Pourquoi ranger les bancs dans un lieu découvert?
Aurait - on résolu de donner un concert ?
C'est que , bien loin d'ici , notre fête est en vogue.....
Mais , non , ce serait trop : un petit dialogue
Suffit pour expliquer ce train inusité ,
Et pour piquer aussi la curiosité.

On peut représenter.... quoi donc? ah ! que c'est drôle !

Rangeons , époussetons , puisque c'est là mon rôle.

(Elle époussette.)

A d'autres le souci de dire les bons mots :

Je suis loin d'y prétendre.

(Elle regarde du côté de la porte.)

Il me semble , à propos ,

Que le moment approche, et que ces Demoiselles....

SCÈNE II.

HONORÉE , CLÉMENTINE.

CLÉMENTINE.

Écoute , mon enfant. Donne - moi des nouvelles

De votre belle fête. Est - il vrai qu'en ce jour

On doit en célébrer le glorieux retour ?

HONORÉE.

Oui, c'est le seul motif qui m'occupe à cette heure.

CLÉMENTINE.

Quel plaisir de revoir son ancienne demeure !

Enfant , sois honorée....

HONORÉE.

En effet , c'est mon nom.

CLÉMENTINE.

Porte - le dignement. Le mien le sais - tu ?

HONORÉE.

Non.

Mais vous me le direz.

CLÉMENTINE.

Mon nom est Clémentine.
J'arrive de fort loin.

HONORÉE.

De Paris, je devine.

CLÉMENTINE.

Oui. Pour moi cependant ce lieu n'est pas nouveau.
Comme Membre d'honneur je figure au tableau.

HONORÉE, *lisant.*

Voyons : *Membres d'honneur* : Célina, Catherine,
Philomène, Julie, Adèle, Clémentine.

CLÉMENTINE.

De celles dont tu viens de me citer les noms,
Pourquoi suis-je la seule arrivée ?

HONORÉE.

Attendons :
L'heure n'a point sonné. D'ailleurs, c'est le proverbe :
Près de l'Église....

CLÉMENTINE.

Eh ! bien ?

HONORÉE.

Loin de Dieu.

CLÉMENTINE.

C'est superbe.
Elles démentiraient leur première ferveur ?....
Cette crainte déjà me pénètre le cœur.

HONORÉE.

Oh ! non, assurément. J'ai voulu rendre hommage

Au zèle qui vous pousse en un si long voyage ,
Et constater un fait que vous-même prouvez :
Les plus loin ne sont pas les derniers arrivés.

CLÉMENTINE.

C'est assez, Honorée. Ainsi, ces Demoiselles....

ADÈLE.

(Au dehors.)

Philomène ! Julie !

HONORÉE.

Écoutez.

CLÉMENTINE.

Ce sont elles.

SCÈNE III.

LES MÊMES , ADÈLE , PHILOMÈNE , JULIE.

PHILOMÈNE.

Adèle, attends-nous donc.

ADÈLE.

C'est Clémentine ! o ciel !

(On embrasse Clémentine.)

Mais, quel bon vent t'amène en ce jour solennel ?

CLÉMENTINE.

Le vent de l'amitié.

JULIE.

La réponse est heureuse.

CLÉMENTINE.

La vie enfin pour moi devient moins ennuyeuse :
Car , à vous dire vrai , je m'ennuie à Paris.

PHILOMÈNE.

Pourtant, c'est le séjour, dit-on, des beaux esprits.

CLÉMENTINE.

Je ne veux pas en être. Il suffit à ma gloire
Que j'aie un cœur aimant, une bonne mémoire;
Et Dieu sait si jamais ils me firent défaut.

ADÈLE.

Va, nous te connaissons; tu peux le dire haut.

PHILOMÈNE.

Ainsi le grand Paris n'a rien qui te délasse ?

CLÉMENTINE.

Rien : et, si, dans mon cœur vous n'aviez une place,
Je serais dans Paris comme dans un désert.
« Quelque espoir de retour me sera-t-il offert,
« Me disais-je ? » Soudain on m'apporte une lettre.

ADÈLE.

Une lettre ?

CLÉMENTINE.

Devine.

ADÈLE *lit l'adresse.*

Oh ! je crois la connaître.

(Elle remet la lettre à Philomène.)

Philomène, lis donc.

PHILOMÈNE.

C'est compris à l'instant.

Tous les Membres d'honneur en feraient voir autant.

[Elle remet la lettre à Julie.]

JULIE.

C'est l'invitation que nous avons reçue.

[Elle rend la lettre à Clémentine.]

CLÉMENTINE.

Comme un éclair qui brille au milieu de la nue,
Cette lettre, à l'instant dissipant mes ennuis,
M'inspire le dessein de venir où je suis.
Sans doute qu'on prépare une brillante fête?

PHILOMÈNE.

A cette occasion, je crois que l'on projette
Quelque chose....

JULIE.

Quoi donc?

PHILOMÈNE.

Je ne sais pas très-bien.

CLÉMENTINE.

Il n'en est pas besoin. Ne comptes-tu pour rien
Le plaisir de revoir ses anciennes amies,
De jouir du coup d'œil de ces cérémonies,
Et d'entendre ces chants qui nous charmaient jadis?

PHILOMÈNE.

N'importe : il est encore un projet, je vous dis.

SCÈNE IV.

LES MÊMES, ROSINE, LA PRÉSIDENTE,
LE CHOEUR.

ROSINE, *avec humeur.*

Quel tapage! vraiment, c'est à rompre la tête.
Qui leur a pu souffler de venir à la fête?

CLÉMENTINE.

Pardon, mademoiselle, une invitation.

LA PRÉSIDENTE.

Rosine, c'est ainsi. Pas tant d'émotion.

ROSINE.

Faut-il donc s'y résoudre, et voir des étrangères
Se mêler à nos jeux et chasser sur nos terres?

LA PRÉSIDENTE ; *aux Membres d'honneur.*

Mes enfants, excusez un zèle peu discret.
Rosine, comme vous, ne sait pas le projet.

PHILOMÈNE.

Je l'avais pressenti.

ROSINE.

Quel projet?

LA PRÉSIDENTE.

Eh ! ma fille ,
Crois-tu que sans raison, au banquet de famille ,
On convie aujourd'hui tous les Membres d'honneur ?
Vous saurez le projet de notre Directeur.
Mais, comme à tout bienfait reconnaissance est due,
Nous allons à l'instant chanter la bienvenue
A ces cœurs généreux qui daignent en ce jour
Nous faire tant d'honneur, nous marquer tant d'amour.
Choristes, c'est à vous de charmer notre oreille.
Chantez: *Jour de bonheur.* Il s'applique à merveille.

[On chante.]

LE CHŒUR.

Jour de bonheur !
Membres d'honneur !

Venez à notre fête ;

Et que l'écho repète

Nos transports de bonheur !

UNE VOIX SEULE.

O vous qui présidez cette joyeuse fête,

Pour la rendre complète,

Accordez à nos cœurs

Vos plus douces faveurs.

2me SOLO.

O vous dont on connaît les vertus, la science,

Vous savez que l'enfance

A besoin de secours,

Protégez-la toujours.

3me SOLO.

O vous à qui nos cœurs ne demandent qu'à plaire,

Aimable et tendre Père,

Agréez en ce jour

Les vœux de notre amour. (1)

LA PRÉSIDENTE.

C'est assez, mes enfants.

ROSINE.

Il serait temps, j'espère.

LA PRÉSIDENTE.

Encore toi, Rosine ? Hélas ! quel caractère !

Qu'as-tu donc à redire à notre compliment ?

_____

(1) Le chant de ce compliment fait partie d'un RECUEIL de *Morceaux faciles et brillants pour Pensionnats ou Congrégation de jeunes demoiselles* que l'on se propose de graver, si l'on en témoigne le désir.

Ne pourrons-nous jamais avoir ton agrément ?

CLÉMENTINE.

Vous attendez sans doute un personnage auguste ?

LA PRÉSIDENTE.

C'est notre bon Pasteur.

CLÉMENTINE.

Je trouve qu'il est juste
De le remercier. Vous doublez mon bonheur
Du reste, en m'apprenant qu'il vous fait cet honneur.

ROSINE.

C'est bien. Mais le projet qui demeure dans l'ombre....

LA PRÉSIDENTE.

Pour le dire, il faudrait que vous fussiez en nombre.
[On sonne.]
Mais l'on sonne. *(à Honorée.)*
Honorée, hâte-toi d'aller voir.

HONORÉE , *se dirigeant vers la porte.*

J'y suis.

CLÉMENTINE.

Je sens mon cœur qui palpite d'espoir.

LA PRÉSIDENTE.

Et c'est avec raison, ma bonne Demoiselle.
(A Honorée qui revient.)
Dis-moi vite, Honorée, est-ce moi qu'on appelle ?

HONORÉE.

Une petite enfant vient en commission ;
Mais elle veut entrer : or, par précaution....

LA PRÉSIDENTE.

Tu peux la faire entrer.

SCÈNE V.

LES MÊMES, UNE COMMISSIONNAIRE.

LA COMMISSIONNAIRE, *apportant un paquet
de Diplômes.*

Je suis votre servante.

LA PRÉSIDENTE.

Bon jour, ma chère enfant.

LA COMMISSIONNAIRE.

C'est à la Présidente
Que je voudrais parler.

LA PRÉSIDENTE.

Parle donc, me voici.

LA COMMISSIONNAIRE.

Je viens vous apporter un paquet.

LA PRÉSIDENTE.

Ah ! merci.
Et c'est tout ?

LA COMMISSIONNAIRE.

Oui, c'est tout. Mon humble révérence.
[Elle sort.]

LA PRÉSIDENTE.

Adieu, ma chère enfant !

SCÈNE VI.

LES MÊMES, EXCEPTÉ LA COMMISSIONNAIRE.

PHILOMÈNE.

C'est le projet, je pense.

[Elle regarde le paquet en même temps que la
Présidente le déplie.]

Diplômes ! Qu'ai-je lu ?

[Les autres en font autant.]

JULIE.

Des caractères d'or !

ROSINE.

Membres d'honneur! Eh! quoi! Que va-t-on faire encor?

ADÈLE.

Et, c'est pour nous ?

LA PRÉSIDENTE.

Mais oui, toutes tant que vous êtes.

ROSINE.

Eh ! bien, je vous demande, à quoi bon ces emplettes ?

LA PRÉSIDENTE.

A quoi bon ?.... Tu sauras leur destination :
Et, sans te plaindre alors de cette invention,
Sans la croire étrangère à notre belle fête,
Rosine, tu diras qu'elle la rend complète.
Laisse, que je m'explique, et, sur le champ, je veux
Qu'un diplôme d'honneur soit l'objet de tes vœux.
A nos réunions, ces chères Demoiselles
Jusqu'ici, tu le sais, se rendirent fidèles.
Ce n'est pas que le monde, objet de leur mépris,

N'ait tenté mille fois de les perdre à tout prix,
Elles ont résisté : tu les en félicites ?

ROSINE , *radoucissant le ton.*

Je voudrais même avoir leur trésor de mérites.

LA PRÉSIDENTE.

Tu l'auras , je l'espère. A présent , trouves-tu
Que de récompenser tant d'efforts de vertu,
Pour elles et pour toi, soit chose indifférente ?
Pour toi, j'aime à te voir, dans cette heureuse attente,
Redoubler de ferveur et de fidélité ;
Et pour elles, je vois , dans ce prix mérité ,
Un souvenir touchant des heures fortunées.
Qu'elles coulaient ici depuis quelques années.

ROSINE.

Je comprends.

ADÈLE.

L'avenir qui s'ouvre devant nous
Doit-il nous apporter un bonheur aussi doux ?

JULIE.

Jours trop tôt écoulés !

PHILOMÈNE.

Plaisirs inestimables !

CLÉMENTINE.

Non ; Paris n'offre point de délices semblables.

LA PRÉSIDENTE.

A ces soupirs ardents qui font verser des pleurs ,
Je sens qu'on rassasie un besoin de vos cœurs.
Puisqu'il en est ainsi, laissez que je vous dise
Encore quelque chose.

CLÉMENTINE.

Encore une surprise ?

LÁ PRÉSIDENTE.

Oui , mes enfants.

CLÉMENTINE.

O ciel !

LA PRÉSIDENTE.

Vous m'avez mise en goût :
je veux vous révéler le projet jusqu'au bout.
Naguère j'attendais l'ouvrier en personne :
Il me l'avait promis. *(On sonne.)*
Dieu soit béni! l'on sonne.

(A Honorée.)

Ouvre donc , Honorée. Est-ce lui par hasard ?

HONORÉE , *annonçant la Commissionnaire.*

La Commissionnaire.

LA PRÉSIDENTE.

Arrivez sans retard.

SCÈNE VII.

LES MÊMES , LA COMMISSIONNAIRE.

LA COMMISSIONNAIRE , *apportant un cœur d'or.*

Mon humble révérence.

LA PRÉSIDENTE.

Eh! bonjour. L'on t'envoie....

LA COMMISSIONNAIRE.

Pour vous remettre un cœur.

LA PRÉSIDENTE.

Oh ! quelle douce joie!

Merci.

ROSINE.

C'est un cœur d'or ! c'est encore plus beau.

LA COMMISSIONNAIRE.

Votre servante.

(Elle sort.)

LA PRÉSIDENTE.

Adieu !

SCÈNE VIII.

LES MÊMES, EXCEPTÉ LA COMMISSIONNAIRE.

LA PRÉSIDENTE, *montrant le cœur d'or.*

Vous voyez un cadeau.
Il vous regarde bien : mais il n'est pour personne
D'entre vous. Devinez, il est....

TOUTES.

Pour la Madone.

LA PRÉSIDENTE.

Précisément, On veut que les Membres d'honneur,
Dont les noms resteront enfermés dans ce cœur,
Ne démentent jamais leur glorieuse histoire,
Sous peine de rougir de ce qui fit leur gloire.
Honneur, comme noblesse, oblige ; entendez-vous ?
Le devoir accompli, d'ailleurs, est toujours doux.
Si donc à ses plaisirs le monde vous convie,
Dites : *mon nom se lit dans le cœur de Marie.*

ADÈLE.

Oui, pour que notre titre à grands frais mérité
Toujours, comme aujourd'hui, soit une vérité,
Nous n'écouterons pas les promesses du monde.

PHILOMÈNE.

Je veux qu'il soit l'objet de ma haine profonde.

JULIE.

Au besoin, je saurai mépriser son courroux.

LA PRÉSIDENTE.

Dans une sainte ligue, enfants, unissez-vous,
Pour fournir de concert une illustre carrière.
Demandez à marcher sous la grande Bannière : (1)
Un seul désir suffit ; et notre bon Pasteur
Vous enrôle à l'instant dans sa garde d'honneur.

(Aux choristes.)

Pour vous, chères enfants, qui commencez à peine
A chanter les bienfaits de votre Souveraine,
Voulez-vous dans nos rangs couler des jours heureux?

TOUTES LES CHORISTES.

Nous le voulons.

LA PRÉSIDENTE.

Eh ! bien, comme ces cœurs pieux,
Rivalisez de zèle et de persévérance :
Un jour vous obtiendrez la même récompense.

_____

(1) La bannière de la grande Congrégation, dont la petite
n'est que le noviciat.

Mais nous avons besoin, je crois, de nous hâter :
A notre Directeur allons nous présenter.

(Aux membres d'honneur.)

Et vous, demandez-lui, comme faveur suprême,
Que notre bon Pasteur vous délivre lui-même .
Ces Diplômes chéris, ces Diplômes d'honneur
Qui, passant par ses mains, doubleront de valeur.

FIN.

Avignon, typ. Jacquet, rue St-Marc, 22.

La collection de Dialogues que nous offrons au Public se compose de huit numéros distribués en quatre Cahiers, format in-12, dans l'ordre suivant :

Iᵉʳ CAHIER.

I. Pour une visite pastorale.
> *Euphémie ou le Compliment improvisé.*

II. Pour la Sainte-Enfance.
> *Eugénie ou le Zèle victorieux.*

2ᵉ CAHIER.

III. Avant une fête mondaine.
> *Lisette ou la Mauvaise Compagne.*

IV. Après une fête mondaine.
> *Juliette ou la Danseuse.*

3ᵉ CAHIER.

V. Pour une réception de Congréganistes.
> *Angélique ou les Avantages de la Congrégation.*

VI. Pour une distribution de diplômes.
> *Clémentine ou les Membres d'honneur.*

4ᵉ CAHIER.

VII. Pour une réception de Congréganistes.
> *Ambrosine ou la Mauvaise Congréganiste.*

VIII. Pour l'inauguration d'une bannière.
> *Joséphine ou la Vente de charité.*

Chaque cahier se vend séparément, au prix de 30 centimes. (35 c. par la poste.)

Les quatre cahiers réunis forment un joli volume in-12, de plus de 100 pages, qui se vend 1 fr. (1 fr. 10 c. par la poste.)

On reçoit franco, par retour du courrier, toute demande qui parvient affranchie et qui renferme le montant, soit en mandat de poste, soit en timbres-poste.

EN VENTE, à la même Librairie, assortiment choisi avec soin, chez les meilleurs Éditeurs et dans les Maisons les plus recommandables, des livres et objets suivants :

1º *Livres élémentaires d'éducation et d'enseignement*, pour Salles d'asile; Écoles primaires, Pensions et Couvents. — Matériel des classes. — Papeterie et fournitures de Bureaux ;

2º *Livres Français, Latins, Grecs, Italiens, Anglais, Allemands, Espagnols*, pour l'enseignement des Lycées, Colléges, Séminaires et Institutions. — Instruments de mathématiques et d'arpentage.

3º *Livres de Piété et de Liturgie.* — Paroissiens de luxe et ordinaires; Heures, Hymnaires, Bréviaires et Missels de Paris et de Malines. — Bijouterie et Imagerie religieuse. — Chapelets et Médailles. — Christ d'ivoire et plastique. — Souvenirs de première communion. — Médaillons de piété, etc.

4º *Livres de Littérature et de Connaissances utiles* pour Bibliothèques catholiques et des Paroisses. — Agriculture, Droit, Médecine, Pharmacie, Architecture, etc.

5º *Livres pour Distribution des Prix, Étrennes, Cadeaux et Récompenses*, dans les Écoles et les Familles. — Sphères et Globes géographiques. — Imprimés et Reliures, de luxe et ordinaires.

Commission : Deux courriers, par semaine, par grande vitesse; pour Paris.

N. B. On est prié d'affranchir toute demande par la poste; on reçoit tout franc de port, à court délai.

Avignon, imprimerie de Jacquet, rue St-Marc, 22.

www.ingramcontent.com/pod-product-compliance
Lightning Source LLC
Chambersburg PA
CBHW061614180626
46818CB00005B/2074